不是棍子

文·圖／安東尼特·波第斯

譯／郭妙芳

阿布拉教育文化

文‧圖／安東尼特‧波第斯（Antoinette Portis）

就讀加州大學藝術學院，曾任迪士尼消費品部創意總監，目前住在加州。著有《不是箱子》。

她在寫作這本書的時候，每星期都有一次照顧姪子Winston（剛滿五歲）的機會，她很喜歡看他和他的小車子玩，

完全沉浸在自己的想像當中，就好像他們是真人一樣。而且，他也很喜歡揮舞著一根棍子。

譯／郭妙芳

輔仁大學中文系畢業，美國加州Chapman University教育碩士。

曾任蒙特梭利基金會文宣組編輯、信誼基金會幼師叢書企劃編輯。

目前專職幼教叢書翻譯與企劃工作。接觸繪本十餘年，親子共讀七年。

喜歡蒐集各式各樣的繪本，希望大家都能從書中看見百分之百的孩子。

內頁油畫介紹：繁星夜（The Starry Night），為印象派畫家梵谷（1853-1890）的作品，收藏在紐約當代藝術博物館。

Digital Image ©The Museum of Modern ART/Licensed by SCALA/Art Resource, NY

不是棍子

文‧圖／安東尼特‧波第斯 譯／郭妙芳

發行人／葉信廷 主編／郭妙芳 美編／玉米花工作室 行政編輯／趙美靠

出版／阿布拉教育文化有限公司 地址／台北市羅斯福路四段56號4樓

電話／（02）23689416 傳真／（02）23689442 電子信箱／myabula@yahoo.com.tw

劃撥帳號／19830973 戶名／阿布拉教育文化有限公司

製版印刷／崎威彩藝有限公司

總經銷／展智文化事業股份有限公司 （02）22518345

出版日期／2008年10月初版一刷 定價／260元 ISBN／978-986-83577-7-8

版權所有‧請勿翻印

如有破損或裝訂錯誤，請寄回更換

For Winston

嘿ㄏㄟ，小ㄒㄧㄠˇ心ㄒㄧㄣ那ㄋㄚˋ根ㄍㄣ棍ㄍㄨㄣˋ子ㄗˇ喔ㄛ。

這ㄓㄜˋ不ㄅㄨˋ是ㄕˋ棍ㄍㄨㄣˋ子ㄗ。

看看你要帶著那根棍子去哪裡。

什麼棍子？

瞧瞧你把棍子指向哪裡。

這㞾不ㄅㄨˊ是ㄕˋ棍ㄍㄨㄣˋ子ㄗˇ。

現在你要用那根棍子來做什麼？

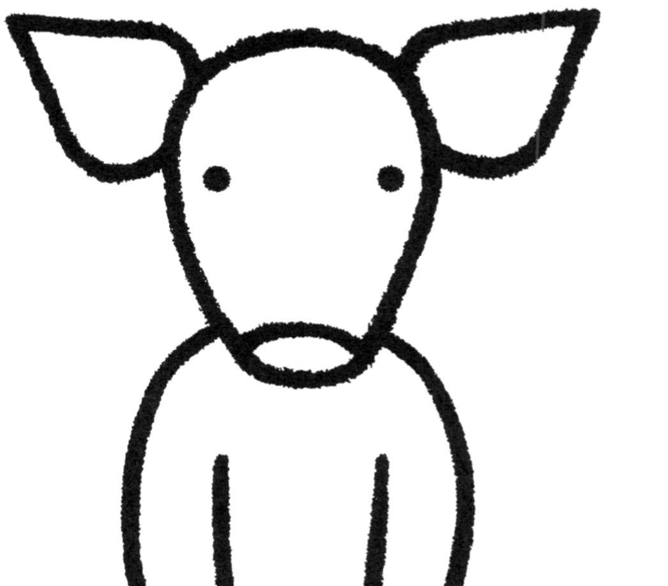

這不是棍子！

不要騎在那根棍子上。

我跟你說了，這不是棍子！

怎ㄗㄣˇ麼ㄇㄜ˙還ㄏㄞˊ一ㄧ直ㄓˊ站ㄓㄢˋ在ㄗㄞˋ那ㄋㄚˋ根ㄍㄣ棍ㄍㄨㄣˋ子ㄗ˙旁ㄆㄤˊ呢ㄋㄜ˙？

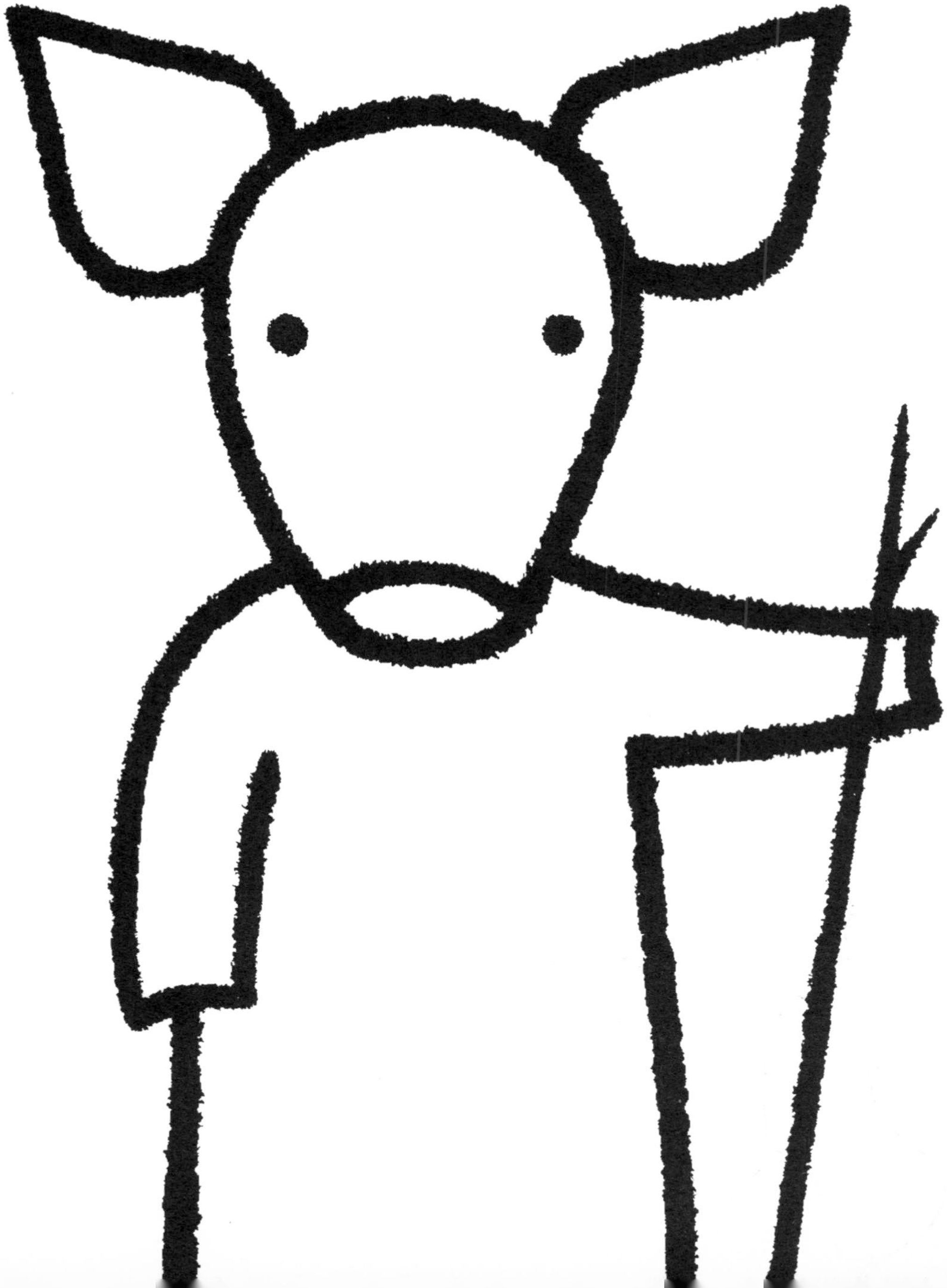

這（ㄓㄜˋ）不（ㄅㄨˋ）是（ㄕˋ）、不（ㄅㄨˋ）是（ㄕˋ）、不（ㄅㄨˋ）是（ㄕˋ）棍（ㄍㄨㄣˋ）子（ㄗˇ）！

好吧，那這又是什麼？

這ㄓㄜˋ是ㄕˋ我ㄨㄛˇ的ㄉㄜ˙「不ㄅㄨˋ是ㄕˋ棍ㄍㄨㄣˋ子ㄗ˙」！